LA PETITE MENDIANTE

PAR P. MARCEL

SUIVI DE

LE NID D'AIGLE
LES PETITS BUCHERONS
LE PETIT MUSICIEN

PAR A. M.

TOURS

ALFRED MAME ET FILS

ÉDITEURS

BIBLIOTHÈQUE

DE LA

JEUNESSE CHRÉTIENNE

APPROUVÉE

PAR Mᵍʳ L'ARCHEVÊQUE DE TOURS

—

5ᵉ SÉRIE IN-12

LA
PETITE MENDIANTE

PAR P. MARCEL

SUIVI DE

LE NID D'AIGLE
LES PETITS BUCHERONS
LE PETIT MUSICIEN

PAR A. M.

TOURS

ALFRED MAME ET FILS, ÉDITEURS

M DCCC LXXVII

LA
PETITE MENDIANTE

LA
PETITE MENDIANTE

M. Hubert, demeurant à Marseille, sa ville natale, jouissait d'une honnête aisance. Son père lui avait laissé une assez forte rente sur l'État : c'était tout ce qu'il possédait. Il avait épousé une orpheline sans fortune, appelée Thérèse Laroche, mais riche de toutes les vertus de son sexe et d'une piété exemplaire. Le Ciel avait béni leur union en leur accordant une fille, qui reçut au baptême le nom de Marie.

Peu de temps après sa naissance, Marie promettait d'être jolie : c'était une belle enfant, vermeille et potelée, aux grands yeux bleus, au teint de lis et de rose. Mais peu à peu ses traits grossirent et se déformèrent à tel point, qu'à cinq ans Marie était devenue laide, oh! bien laide. Le père s'affligeait beaucoup de ce changement; car M. Hubert, n'étant pas, tant s'en faut, aussi pieux que sa femme, n'avait guère que des idées mondaines. La mère elle-même n'était pas insensible à la perte de la beauté de sa fille; mais, habituée à une douce résignation, elle acceptait ce chagrin sans laisser échapper la moindre plainte, et ne songeait qu'au moyen de faire tourner ce désagrément à l'avantage de son enfant chérie.

« Va, mon ami, disait-elle à son époux afin de le consoler, ce n'est qu'un petit malheur.

— Un petit malheur! c'en est un bien grand, un des plus grands qui puissent arriver à une fille; et il est irréparable! répondait Hubert désolé.

— Je crois que tu te trompes, répliqua la sage Thérèse; une fille aussi laide que paraît le devoir être notre pauvre Marie est moins tentée de se jeter dans le tourbillon d'un monde qui la repousse; elle se tourne plus volontiers vers le Ciel et s'occupe plus de son salut. Si elle veut n'être pas universellement rebutée, elle sent bientôt qu'il lui faut plus de bonté, plus de douceur, en un mot, plus de vertus qu'à une autre, et la beauté de son âme peut effacer la laideur de sa figure; une belle âme embellit le plus laid visage. Ce n'est point pour ma beauté que tu m'as épousée; car, sans être absolument laide, je suis loin d'être belle; et dis-moi, mon ami, si, quelque temps après notre mariage, un accident ou quelque maladie m'avait rendue la plus laide personne de Marseille, crois-tu que tu m'en aimerais moins et que je m'appliquerais moins à faire ton bonheur? Va, la fille la plus laide, si elle est bonne, douce et vertueuse, rencontre dans le monde des personnes sages qui lui rendent justice, et qui, cherchant en quelque sorte à réparer les torts de la nature, l'aiment davantage à cause de sa laideur même. Je pourrais t'en citer des exemples dans notre ville; mais tu les connais aussi bien que moi. »

Tout cela ne consolait pas M. Hubert; cependant il n'en était que plus tendre auprès de Marie, qu'il plaignait comme la victime d'un sort malin et cruel.

On pense bien que Thérèse éleva sa fille dans les meilleurs principes de piété et de vertu, comme elle y avait été élevée elle-même, et Marie répondait parfaitement à ses soins. Cette petite fille était remplie d'intelligence; elle se montra de bonne heure douce, attentive et docile. Chaque jour on découvrait en elle le germe de quelque qualité nouvelle, que sa bonne mère cultivait avec le plus tendre soin; Marie avait surtout le cœur aimant et sensible, et une raison singulièrement précoce.

Souvent, à la promenade, elle entendait des personnes indiscrètes dire en la regardant: « Mon Dieu, que cette enfant est laide! » Ces observations lui faisaient de la peine, sans lui causer de dépit.

Un jour (elle avait alors six ans), elle dit, en rentrant, à sa mère: « Maman, je suis donc bien laide? » et elle se mit à pleurer.

« Oui, ma fille, répondit Thérèse en la prenant sur ses genoux et en lui prodiguant les plus tendres caresses; oui, mais tu vois que ta mère et ton père ne t'en aiment pas moins, et le bon Dieu t'en aimera davantage, si tu es toujours sage et pieuse, et si tu supportes ce désagrément avec résignation. Vois-tu, mon enfant, c'est une épreuve qu'il a plu au Seigneur de nous envoyer, et tu sais qu'il faut se soumettre patiemment à tout ce qu'il veut. Il ne fait rien que pour notre bien. Sans doute la beauté aurait pu t'être nuisible, puisque la sagesse paternelle de Dieu te l'a retirée; et la laideur doit t'être profitable, puisqu'il t'a rendue laide. Laisse dire les gens et cesse de t'affliger, ne songe qu'à plaire à Dieu; on y parvient par la beauté de l'âme, qui dépend de nous, et non par la beauté du visage, que le hasard nous donne, qu'une maladie peut nous ôter en peu de jours, et qui ne résiste point aux ravages du temps.

—Ainsi, reprit l'enfant, quoique je sois bien laide, si je suis bien sage et bien bonne, si j'aime bien le bon Dieu, et papa et maman, le bon Dieu m'aimera, et toi aussi, maman, et papa aussi?

—Oui, ma fille, tu peux en être sûre.

—D'autres personnes m'aimeront-elles aussi?

— Sans doute; toutes celles qui te connaîtront t'aimeront.

— Eh bien ! alors ma laideur me chagrinera beaucoup moins, et je ne pleurerai plus quand j'entendrai dire : « Ah! que cette enfant est laide ! » Je penserai que je suis aimée du bon Dieu, de maman, de papa, de ceux qui me connaissent, et que ceux qui parlent ainsi de moi ne me connaissent pas. »

Peu de mois après, M. Hubert, qui poursuivait un ruineux procès commencé jadis par son aïeul, reçut une lettre où on lui mandait qu'enfin la cause allait être jugée en dernier ressort, que sa présence était nécessaire à Paris en ce moment décisif, et qu'il fallait se hâter d'arriver pour employer tous les moyens de succès. Quelques amis sages lui remontrèrent vainement que ses droits étaient douteux; que la partie adverse, plus riche que lui, avait beaucoup d'influence; que, selon toute apparence, il perdrait son procès, lors même qu'il aurait les droits les plus évidents, et que son voyage à Paris et les sacrifices qu'il y ferait sans doute complèteraient sa ruine, déjà bien avancée; de sorte qu'il aurait sacrifié l'aisance dont il jouissait à de vaines et chimériques espérances. On eut beau dire, il ne voulut écouter ni ses meilleurs amis, qui lui conseillaient de renoncer à cette affaire, ni les sollicitations de sa femme, qui le conjurait de conserver la petite fortune dont il jouissait encore pour leur enfant, qui en aurait un si grand besoin.

Il s'agissait de la propriété d'un des plus

beaux domaines des environs de Marseille. Cette
terre avait une grande valeur; M. Hubert la
considérait comme son patrimoine. Il partit
donc avec sa femme et sa fille; en quelques
jours d'une marche précipitée on arriva à
Paris. On se logea dans un hôtel d'honnête apparence, et, sans perdre un instant, M. Hubert,
dirigé par son avocat, commença la vie la plus
troublée, la plus insupportable que l'on puisse
concevoir, la vie de plaideur. Enfin, le jour
fatal étant arrivé, il perdit son procès et fut
condamné aux dépens, qui absorbèrent à peu
près ses dernières ressources.

Thérèse, qui depuis longtemps s'y attendait,
et qui d'ailleurs trouvait dans la religion des
consolations à tous ses chagrins, supporta
courageusement ce revers; il n'en fut pas de
même d'Hubert, qui, jusqu'au dernier moment, s'était flatté d'un entier succès: ce coup
fut mortel pour lui, et, en effet, il ne survécut
guère à sa ruine.

Son logement était trop cher; il en prit un
beaucoup plus modeste dans la rue de Sèvres,
non loin du boulevard; il le garnit des meubles
les plus nécessaires et s'y retira avec sa famille, bien décidé à chercher quelque emploi

qui lui donnât des moyens d'existence, car il ne possédait plus qu'une faible somme à peine suffisante pour passer une année, même en s'imposant de grandes privations.

Trop souvent on s'imagine en province qu'il n'y a qu'à venir à Paris pour se tirer d'affaire, et qu'en cherchant un peu, avec l'aide de quelques connaissances qu'on appelle des amis, on trouve facilement une occupation convenable. Cette erreur a déjà été bien funeste à une foule de personnes, qui ont amèrement regretté leur petite ville ou leur village. Sans doute il y a beaucoup à faire à Paris, mais il y a aussi une concurrence désespérante par le nombre et l'aptitude des postulants, et par les moyens de succès que possèdent quelques-uns. Le malheureux M. Hubert l'éprouva bien. Son avocat, surtout son homme d'affaires, avaient bien promis de lui trouver quelque occupation. Au bout de deux jours, ni l'un ni l'autre ne pensèrent plus à lui, et quand il retourna les voir, il comprit sans peine qu'il était inutile de les importuner davantage. D'autres personnes domiciliées à Paris, qu'il avait connues à Marseille, et qui alors lui avaient offert leurs bons offices si jamais il en avait besoin, lui firent d'abord le plus gracieux accueil; mais quand il exposa sa position actuelle, leur figure, tout à l'heure si avenante, devint à l'instant même froide et réservée, et lorsqu'il les pria de l'aider de leurs conseils et de leur influence pour lui procurer quelque moyen de soutenir sa famille, tous y trouvèrent des difficultés insurmontables. La plupart d'entre eux recommandèrent à leurs domestiques de le bien reconnaître et de lui dire qu'ils étaient sortis, quand il reviendrait les voir. M. Hubert s'y attendait; cependant, pressé par le besoin de subvenir aux nécessités de son ménage, il s'exposa plusieurs fois à cet affront; car il aimait plus que lui-même sa fille et sa femme, et il aurait essuyé toutes les humiliations possibles pour les tirer de la détresse où son obstination et son imprudence venaient de les plonger.

Chaque fois il revenait le cœur navré raconter à son épouse le mauvais succès de ses démarches. Thérèse avait beau le consoler, le pauvre père voyait avec effroi diminuer le peu d'argent qui lui restait, et il se demandait ce que deviendrait sa famille quand il aurait épuisé cette ressource. Il avait une assez belle écriture, et ne manquait pas d'instruction ; il voulut donner des leçons d'écriture, de dessin, de grammaire française ou latine, et de calcul ; mais il ne connaissait personne, et il y avait tant de professeurs à Paris ! Oh ! s'il avait su un métier, à force de frapper à la porte de tous les ateliers, il aurait fini par trouver de l'ouvrage, et il se serait estimé heureux et fier de pouvoir chaque semaine rapporter à sa femme un salaire qui eût été pour elle un précieux secours ; mais ses parents, comptant sur la petite fortune qu'ils devaient lui laisser, avaient jugé plus convenable de lui faire apprendre les armes, la musique, la danse et l'équitation, qui ne pouvaient lui servir à rien, que de lui donner un état, qui dans sa misère aurait pu le nourrir avec sa famille.

Il déplorait son malheur et parlait de s'établir commissionnaire au coin de quelque rue, lorsque Thérèse lui dit : « Non, mon ami, le chagrin a déjà trop épuisé tes forces ; cette triste ressource ne nous est plus permise. Tu ne sais point d'état, mais j'en sais un ; c'est donc à moi de travailler pour nous : le bon Dieu me donnera la force comme il me donne le courage. Je sais coudre et broder, je fais assez adroitement tout ce qui concerne la toilette de femme ; dès aujourd'hui je vais chercher de l'ouvrage, et, s'il plaît à Dieu, je ne rentrerai pas avant d'en avoir trouvé. Il y a même mille petites choses que Marie peut déjà faire, et je suis sûre qu'elle m'aidera volontiers. »

Marie, bien contente de trouver une occasion d'être utile à ses parents, sauta au cou de sa mère en s'écriant : « Oh ! oui, maman, je t'aiderai de tout mon cœur, et je voudrais pouvoir faire tout l'ouvrage à moi seule. »

Alors la fille et la mère allèrent s'agenouiller devant une image de la sainte Vierge, en priant avec ferveur cette consolatrice des affligés de bénir leur entreprise. Puis elles se levèrent, animées d'un nouveau courage. La prudente Thérèse mit dans son sac une pièce de cinq francs, et sortit ensuite avec Marie sans savoir où elle allait ; en marchant au hasard, elles entrèrent dans tous les magasins qu'elles aperçurent, et, quoique rebutées partout, elles continuèrent leurs recherches. Enfin, après avoir suivi plusieurs rues, elles arrivèrent devant le portail de Saint-Sulpice.

« Maman, voici une église, dit Marie, nous

devrions y entrer et prier; peut-être qu'ensuite nous serons plus heureuses.» La mère y
consentit. La messe venait de commencer; .
elle l'entendirent tout entière avec une sincère piété; puis elles se dirigèrent vers le
premier magasin qu'elles découvrirent en sortant de la maison du Seigneur. Précisément
la maltresse de ce magasin était fort pressée
et cherchait elle-même des ouvrières. « Mais,
observa-t-elle, je ne vous connais pas,
Madame...

— J'ai pensé à cela, répondit Thérèse, et je
vous offre en garantie le double de la valeur
de votre étoffe. »

Cette précaution leva toute difficulté; on
convint du prix de la broderie que Thérèse
avait à faire, et elle s'en retourna avec sa fille
aussi joyeuse que si elle avait trouvé un trésor.
« Vois-tu, dit-elle à Marie, nous avons prié
Dieu et la sainte Vierge de venir à notre secours, et notre prière a été exaucée. » En
arrivant, la fille et la mère espéraient commu-
niquer leur joie à Hubert; mais cet homme,
qui avait renoncé à tout amour-propre pour
lui-même au point de vouloir se faire porte-
faix, ne put soutenir l'idée que sa femme et

sa fille ne seraient que de pauvres ouvrières ; il était triste et abattu, et son chagrin, qu'il cherchait à dissimuler, résista toujours aux caresses de sa famille.

L'ouvrage confié à Thérèse était long et difficile, elle devait le rendre le plus promptement possible. Thérèse y passa tout le reste du jour et toute la nuit, et plusieurs jours encore, quoique Marie, déjà fort habile pour son âge, l'aidât avec une admirable assiduité. Hubert se désolait de voir sa femme se livrer à un travail continuel la nuit et le jour : il pensait qu'elle ne pourrait résister longtemps à une pareille fatigue ; il craignait qu'elle ne tombât malade, et cette crainte lui faisait à lui-même plus de mal que le travail n'en faisait à Thérèse. Chaque jour sa santé s'altérait et son humeur devenait plus sombre. Enfin Thérèse et Marie allèrent rendre leur ouvrage ; on en fut content, on le leur paya en leur en donnant d'autre, et elles revinrent encore bien joyeuses à la maison ; mais quel malheur les y attendait !

Trouvant la porte fermée, elles frappèrent ; point de réponse ; pas le moindre bruit annonçant la présence d'un être vivant ! Elles frappèrent encore, et, saisies de crainte, elles frappèrent à coups redoublés et appelèrent leur époux et leur père. Même silence. Enfin, attirées par le bruit, des voisines ouvrirent leur porte. Thérèse leur demanda si elles avaient vu sortir son mari; toutes répondirent que non; une d'elles répondit qu'il devait être dans la chambre, car elle l'avait entendu marcher peu d'instants auparavant; on n'avait pas ouvert la porte depuis; et un bruit pareil à celui que fait une personne en tombant avait tout à l'heure attiré son attention.

Un petit garçon alerte et éveillé se trouvait là avec sa mère; on l'envoya bien vite chercher un serrurier qui demeurait dans la maison, et qui vint ouvrir la porte. On entre et on voit, ô Dieu! quel spectacle pour la fille et la mère! on voit le malheureux Hubert étendu sans mouvement et sans connaissance, la face tournée vers le plancher et baigné dans son sang. Thérèse et Marie poussent un cri d'effroi et de douleur, elles se précipitent vers lui, et, réunissant leurs efforts à ceux des voisins, elles parviennent à le retourner et à l'asseoir dans un fauteuil. Vainement on lui prodigua tous les soins imaginables, il ne donnait pas le moindre signe de vie; son sang coulait par une assez large blessure qu'il s'était faite au front en tombant sur l'angle d'un meuble.

Heureusement on avait envoyé le petit garçon chercher un médecin; heureusement encore ce médecin habile demeurait tout près de là et se trouva chez lui; il accourut, co...sidéra et palpa Hubert, déclara qu'il n'était pas mort et pratiqua une copieuse saignée, qui rétablit la circulation. Hubert venait d'éprouver une attaque d'apoplexie, et ce qui l'avait sauvé c'était la grande quantité de sang qu'il avait perdue tant par le nez que par la blessure qu'il s'était faite au front. On le mit au lit; le médecin laissa une ordonnance et promit de revenir.

Qu'on juge de la douleur de Thérèse et de Marie! Elles avaient laissé assez bien portant l'être qu'elles chérissaient le plus au monde; après une courte absence, elles le retrouvent mourant, elles auraient pu le retrouver mort! Oh! si l'on était sage, avec quelle religieuse attention on se tiendrait toujours prêt à paraître devant Dieu, qui d'un moment à l'autre peut nous rappeler à lui sans nous laisser le temps de nous préparer à ce moment terrible!

Égaré dès sa jeunesse par les pernicieuses doctrines des philosophes, Hubert s'était éloigné de Dieu, et il croyait faire preuve d'une grande tolérance en permettant à sa femme et à sa fille de remplir exactement les devoirs que la religion nous impose. Tant qu'il fut heureux et bien portant, il persévéra dans son incrédulité, malgré les instances de Thérèse; mais, lorsque enfin il se vit plongé dans la misère et que toute assistance humaine lui manqua, il perdit sa fausse fermeté; il s'inquiéta pour sa famille bien plus que pour lui-même, et, ne pouvant trouver ni secours ni consolations sur la terre, il se sentit plus disposé à tourner ses pensées vers le Ciel. A quoi lui servaient maintenant cette philosophie sans entrailles et ces principes orgueilleux et arides qui le laissaient seul aux prises avec le malheur? tandis que notre sainte religion nous montre dans le ciel un refuge contre l'adversité, et dans le Seigneur un consolateur toujours prêt à secourir les affligés.

Thérèse profita de la disposition où se trouvait son mari pour le ramener dans le sein de l'Église; elle eut le bonheur d'y réussir, et ce succès diminua beaucoup sa tristesse. « Du

moins, disait-elle à Marie, si nous devons le
perdre, comme paraît le craindre le médecin,
notre séparation ne sera pas éternelle; nous le
rejoindrons un jour dans le royaume de Dieu. »
En effet, le mal d'Hubert ne cessa point d'em-
pirer, et bientôt il sentit approcher sa dernière
heure. Dans ce triste moment, Dieu lui rendit
toute sa présence d'esprit; lui-même consola
sa femme et sa fille, il leur donna sa bénédic-
tion et les plus sages conseils; peu après, il
reçut avec une piété exemplaire les derniers
sacrements, et dans la nuit il expira.

Sa maladie avait duré près de deux mois,
pendant lesquels Thérèse avait passé presque
toutes les nuits à travailler en le veillant, de
sorte qu'elle était épuisée de fatigue. Quand
arriva le moment fatal, la pauvre femme perdit
connaissance et tomba auprès de son mari.

Quelques moments après, Marie, s'étant ré-
veillée, vit sa mère sans mouvement. D'abord
elle la crut endormie, puis elle s'inquiéta.
Ayant appelé plusieurs fois: « Maman! maman! » et ne recevant aucune réponse, elle se
leva épouvantée, courut à sa mère, et, continuant à l'appeler, elle la suppliait de s'éveiller.
Ce mouvement et ces cris tirèrent Thérèse de

son évanouissement : « Pauvre enfant, dit-elle
en versant un torrent de larmes, tu n'as plus de
père, je ne suis plus qu'une triste veuve, et
toi une malheureuse orpheline ! » A ces mots,
elle reçut Marie dans ses bras, et toutes deux
mêlèrent leurs sanglots et leurs larmes. Ensuite elles s'agenouillèrent ensemble devant
les images du Christ et de la Vierge, et après
avoir longtemps prié pour Hubert, elles de-
mandèrent à Dieu la force de supporter une si
cruelle épreuve.

Le soir qui suivit l'enterrement du pauvre
Hubert, Thérèse se coucha en se plaignant
d'une lassitude qui lui laissait à peine la force
de se déshabiller. Marie, la petite et bonne
Marie voulait veiller auprès de sa mère, et, ne
pouvant en obtenir la permission, elle se mit
au lit, bien triste, et ne ferma point l'œil de
toute la nuit. Elle ne cessait de pleurer et
de prier pour le repos de l'âme de son père,
qu'elle venait de perdre, et pour le rétablisse-
ment de sa mère, qu'elle tremblait de perdre
encore. « O mon Dieu, disait-elle tout bas, si
vous avez résolu, dans votre sagesse éternelle
de la retirer aussi de ce monde, faites-moi la
grâce de me prendre avec elle, ne me laissez

pas seule sur la terre! » Quelquefois elle s'ar-
rêtait tout court dans ses prières, elle retenait
son haleine, et, prêtant une oreille attentive,
elle écoutait si Thérèse respirait encore. Par
moments elle croyait l'entendre gémir, et, sau-
tant de son lit, elle courait vers elle en lui de-
mandant ce qu'elle avait. Thérèse, émue de
ces marques de tendresse, l'embrassait et la
renvoyait en lui recommandant de dormir; et
son désir de tranquilliser une si aimable enfant
lui faisait croire à elle-même qu'elle se sentait
mieux; elle le disait, et la petite Marie s'en
retournait un peu plus calme; mais à peine
avait-elle posé sa tête sur le traversin, que son
inquiétude revenait plus vive, et c'est ainsi
qu'elle vit venir le jour sans avoir fermé les
yeux.

Le matin, il fut impossible à Thérèse de sortir du lit. Quel chagrin pour cette tendre mère
et pour la sensible Marie! « Tranquillise-toi,
maman; tâche de bien reposer, je ferai le ménage toute seule; nous prierons le bon Dieu
de te rendre tes forces, la sainte Vierge inter-
cèdera pour nous, et j'espère que nos vœux
seront exaucés : demain tu pourras te lever. »
Le lendemain Thérèse se trouva plus mal en-

core; et le jour suivant l'apothicaire, le boulanger, l'épicier, la fruitière, et quelques autres petits créanciers se présentèrent à la fois, comme si quelqu'un les eût avertis et qu'ils se fussent donné le mot. Pendant la maladie d'Hubert on avait pris à crédit; les médicaments étaient chers; l'argent resté à la maison ne suffisait point pour solder tout le monde; ceux qui n'étaient point payés murmurèrent, et il fallut vendre à un marchand d'habits toute la garde-robe du défunt. Ce fut un nouveau chagrin; et cette triste ressource fournit à peine de quoi acquitter les dernières dettes.

C'est alors seulement que Thérèse se souvint d'une broderie qu'elle avait achevée la veille de la mort de son époux. « Cherche-la, Marie, dit-elle, et tu l'iras reporter; on te la paiera, et cela nous suffira pour une ou deux semaines. »

Marie chercha de tous côtés, et ne trouva rien. Dans les premiers instants de trouble et d'angoisse qui avaient suivi la mort d'Hubert, quelques voisines bien pauvres étaient venues offrir des secours désormais inutiles, et des consolations; elles n'avaient pas quitté Thérèse jusqu'à l'arrivée du marchand d'habits;

elles revinrent après son départ, et voyant
qu'on ne retrouvait pas la broderie, l'une
d'elles, femme violente et susceptible, s'em-
porta beaucoup, et, quoiqu'on n'eût pas dit
un mot qui pût blesser personne, elle déclara
qu'elle n'était pas une voleuse, ni ses voisines
non plus, et qu'elle ne remettrait jamais les
pieds chez une femme qui avait l'air de la soup-
çonner. Vainement Thérèse tenta de la cal-
mer; plus on cherchait à l'adoucir, plus elle
s'irritait; les autres se mirent de la partie,
et sortirent toutes ensemble, abandonnant
Thérèse et Marie à la misère et à la douleur.

Dès ce moment commencèrent de nouvelles
tribulations. La mère était au lit, incapable
de travailler; la fille, trop jeune encore (elle
n'avait que sept ans), ne pouvait se charger
que des menues occupations du ménage, et il
ne restait plus un sou à la maison! Prendre
sur leur chétive garde-robe était chose assez
difficile. Leurs voisines ne voulaient pas les
voir, elles fuyaient Marie ou lui faisaient la
mine quand cette enfant montrait par la porte
entr'ouverte son visage éploré; et, hors la lingère, qu'elles avaient vue cinq ou six fois au

plus, elles ne connaissaient personne à Paris :
de sorte qu'elles étaient isolées dans cette im-
mense et populeuse cité comme des naufragés
jetés par la tempête sur une côte stérile et
déserte.

Cependant à l'âge de Marie les plus cuisants
chagrins n'ôtent pas l'appétit; le boulanger ne
voulait donner du pain qu'à la condition d'être
payé comptant. Marie se gardait bien de dire
qu'elle avait faim, elle aurait craint de faire
trop de peine à sa mère. Cette tendre mère
n'attendait pas qu'elle le lui dît; n'écoutant
que l'amour maternel, elle crut qu'en faisant
un effort de courage elle pourrait travailler
assise dans son lit, et elle envoya sa fille chez
la lingère.

La lingère avait le cœur sec et l'humeur
acariâtre : son premier mouvement était toujours de gronder. Elle reçut Marie fort mal, se
plaignit qu'on eût tant tardé, et demanda la
mère et l'ouvrage. Lorsque l'enfant, pleurant
à chaudes larmes, eut expliqué la mort de son
père, la maladie de sa mère, la perte de la
broderie qu'on offrait de payer par des rete-
nues, et qu'elle demanda de l'ouvrage, la lingère prétendit que la broderie n'était pas per-

due, mais vendue, et chassa Marie en lui défendant de jamais revenir.

La pauvre Marie revint à la maison le cœur brisé ; elle aurait voulu cacher ce nouveau malheur à sa mère ; mais, habituée de bonne heure à ne point mentir, à toutes les questions de Thérèse elle déclara l'accablante vérité. Cependant il fallait avoir du pain. Marie alla chercher une marchande à qui Thérèse vendit quelques hardes de femme. « Avec cela, dit-elle à sa fille, nous aurons du pain pour quelques jours, et ensuite Dieu viendra à notre secours, ou bien... » Elle ne put achever, les sanglots étouffèrent sa voix. Marie pleurait aussi, tantôt regardant les saintes images et implorant l'assistance divine, tantôt regardant sa mère, qui, étendue sur le lit de douleur, se cachait la figure dans ses deux mains et s'efforçait d'étouffer ses gémissements.

« Maman, ma bonne petite maman, dit Marie d'une voix douce et tendre, en s'approchant de sa mère et l'enveloppant de ses deux bras, maman, ne pleure plus, cela te fait trop de mal : espérons en la bonté de Dieu, il aura pitié de nous et ne nous laissera pas mourir de faim. » Thérèse ne pouvait répondre ; plus son enfant se montrait bonne et pieuse, plus elle sentait qu'elle chérissait cette innocente et malheureuse petite créature, et plus son affliction redoublait ; enfin, réunissant toutes les forces de son âme et se recommandant au Seigneur, elle parut reprendre courage. Un rayon d'espérance et de joie brilla à travers les larmes de Marie, et elle aurait entrepris d'aller au bout du monde, s'il l'eût fallu, pour procurer le moindre soulagement à sa mère ; car ce qui distinguait surtout Marie de tous les enfants de son âge, c'était une piété profonde, une entière confiance en Dieu, et un dévouement à toute épreuve pour ses parents. Elle devait bientôt en donner des preuves éclatantes à sa mère.

Sur l'ordre de Thérèse, Marie courut chercher un pain et un bouillon qu'elle prit chez un petit traiteur du voisinage. A son retour, quoiqu'elle eût bien faim, elle se contenta d'une croûte de pain, et pria si instamment sa mère de garder le bouillon pour elle seule, qu'enfin cette dernière y consentit. Marie allait aussi puiser de l'eau à la fontaine des Incurables, et chacun, la voyant arriver avec un si petit pot, se faisait un plaisir de la laisser passer la première. Marie, qui était reconnaissante

des moindres marques de bienveillance, re-
merciait ces bonnes gens avec tant de fran-
chise, qu'ils étaient charmés de lui avoir cédé
leur tour; puis elle se hâtait de revenir vers sa
mère, dont elle aurait désiré ne pas s'éloigner
un instant. Malgré toute l'économie possible,
le très-faible produit de la vente des hardes de
Thérèse ne dura pas longtemps. Alors elle vendit ses draps, excepté un grand pour elle et
un petit pour Marie. Cette dernière ressource
épuisée, il ne restait plus rien à vendre, à
moins que Thérèse ne consentît à se mettre
dans l'impossibilité de sortir quand elle irait
mieux.

Un jour pourtant, croyant sentir sa fin pro-
chaine, elle ne pensa plus qu'à prolonger
l'existence de sa fille, et lui commanda d'aller
chercher un tapissier ; elle voulut vendre son
matelas et son bois de lit; elle le pouvait, car,
en entrant dans la maison, Hubert avait eu la
précaution de payer d'avance deux termes du
loyer, afin d'assurer au moins pour quelque
temps un gîte à sa famille. A cet ordre de sa
mère, la pauvre petite Marie se mit à fondre
en larmes. « Ah! maman, s'écria-t-elle, malade comme tu es, tu coucherais donc sur la

paille? Tu n'y es pas accoutumée, tu ne pourrais pas y résister et tu mourrais bientôt, et
tu me laisserais seule en ce monde. Non, ma
chère maman, j'aime mieux mourir avec toi.
Mais écoute, nous avons encore un peu de
pain et de bouillon, la cruche est pleine d'eau
fraîche; moi, je t'assure que je n'ai pas faim
du tout; si tu voulais me permettre de sortir
une heure ou deux, je placerais près de toi
toutes nos provisions, et je reviendrais avec
de l'argent, peut-être avec beaucoup d'argent.

— Comment donc espères-tu en gagner?
demanda Thérèse.

— Je demanderai aux passants...

— Ils te repousseront et ne te donneront
rien.

— Je dirai que c'est pour maman qui est
malade, et que je viens de perdre mon papa!

— Ah! mon enfant, tu veux mendier! tu ne
sais pas à quels chagrins tu t'exposes, à quelle
humiliation tu descends! et pour obtenir quoi,
un centime peut-être, ou rien, ou des duretés
et des injures...

— Maman, tout cela m'est égal, je veux
tout souffrir pour te procurer quelques secours, et le bon Dieu me protégera. »

Thérèse regarda sa fille, et, la voyant si laide, elle pensa que ce serait aux yeux de bien des gens une raison de plus pour la rebuter, car à cette époque surtout la pauvre Marie était vraiment bien laide. Cependant, lorsqu'on l'examinait avec un peu d'attention et de bienveillance, on remarquait sur son front et dans ses yeux, tout malades qu'ils étaient, une expression de candeur et de bonté qui faisait bientôt oublier sa laideur ; mais, au premier aspect, son visage avait quelque chose de repoussant.

« Tu le veux, mon enfant ? j'y consens à regret, et seulement parce que je suis trop faible et toi trop jeune pour travailler ; car, lorsqu'on peut travailler, c'est une chose bien honteuse que de mendier ; on peut même dire que c'est une tromperie, un véritable vol ; on dérobe à la charité le pain qu'elle donnerait aux vieillards et aux infirmes. Va donc, ma fille ; va, à la garde de Dieu ; ne t'écarte pas trop, prends garde de te perdre dans le labyrinthe des rues ; arme-toi de courage, et reviens dès que tu auras ramassé quelques sous ou que tu trouveras trop pénibles les chagrins qui t'attendent. Va, je vais prier pour toi. »

Après avoir remercié et embrassé sa mère,
la petite Marie sortit presque joyeuse, car elle
ne doutait pas que chacun ne s'empressât de
lui donner quelque chose quand elle dirait :
C'est pour maman, qui est veuve et malade.

Hélas ! il n'en fut pas ainsi. Déjà très-grande
pour son âge, Marie ne voulut point mendier
près de sa demeure ; elle prit une autre rue et
demanda à toutes les personnes qu'elle ren-
contra, sans rien obtenir. « Va-t'en, » lui disait
l'un avec dureté.

« Laisse-moi en repos, » disait un autre.

« Petite misérable, disait un troisième, si
tu me suis davantage... » et il levait sa canne
pour l'effrayer. Des dames mêmes ne se montrèrent pas plus charitables. En courant ainsi
de rue en rue et toujours maltraitée de tout le
monde, l'infortunée Marie arriva sur la place
Saint-Sulpice ; elle se rappela que sa mère
cherchant de l'ouvrage en avait trouvé après
avoir prié dans cette église, et elle y entra
pour prier aussi devant cette même image de
la Vierge où, deux mois auparavant, elle s'é-
tait arrêtée avec sa mère. Marie pria longtemps et avec beaucoup de ferveur ; de grosses
larmes roulèrent sur ses joues pendant que ses

yeux suppliants restaient fixés sur l'image de
la mère de notre Sauveur; elle ne voyait rien
autour d'elle, elle ne pensait qu'au ciel et à sa
mère. Cet acte de sincère dévotion ranima son
courage, et elle retourna dans les rues pour
mendier. « Ah! pensait-elle, j'ai bien prié de
toute mon âme. Dieu voit notre détresse, et
certainement il ne nous abandonnera point. »
A l'instant même, apercevant une dame riche-
ment vêtue, elle courut vers elle, et, joignant
ses deux mains, elle lui dit, d'une voix qui
aurait attendri toute autre personne : « Madame, ayez pitié de nous, le bon Dieu vous
bénira; je viens de perdre mon papa, qui était
si bon; maman est au lit et bien malade, je
suis trop petite pour travailler; nous n'avons
plus rien à vendre; faites-moi la charité, si
peu qu'il vous plaira. » La dame, continuant
de marcher, la regardait d'un air dédaigneux,
lorsque survint un homme qui saisit Marie par
le bras, en lui disant : « Tu mendies, je crois,
drôlesse?

— Oui, Monsieur, dit la dame; si la police
faisait mieux son devoir, ce petit monstre ne
m'aurait pas obsédée pendant un quart d'heure.

— Vous voyez, Madame, que la police fait

son devoir, puisque j'arrête cette enfant, répondit l'homme.

— Vous m'arrêtez, Monsieur, s'écria la petite Marie tremblante de tous ses membres, et parce que je mendie! mais je ne puis laisser mourir de besoin ma pauvre maman.

—Tais-toi et marche, » dit l'agent de police d'un ton qui intimida la jeune captive; elle se contenta donc de pleurer en silence : mais ce qui la désolait le plus, c'était de penser que sa mère était restée seule, et que peut-être on la retiendrait quelques heures, car la pauvre enfant n'imaginait pas que sa détention pût durer plus que le jour. L'homme qui l'avait arrêtée la conduisit chez le commissaire de police, en déclarant qu'il l'avait surprise à mendier; et le commissaire donna à un autre agent l'ordre de la conduire à la Préfecture de police.

« Vous ne me renvoyez pas à maman? demanda Marie tout en larmes.

— On t'envoie en prison.

— En prison! et je ne verrai plus maman, qui m'attend, qui est malade, qui mourra si elle ne me voit pas bientôt revenir! Ah! monsieur le commissaire, si votre maman était malade, si elle était pauvre, abandonnée de tout le monde comme la mienne, et qu'elle vous attendît, vous seriez bien malheureux si on vous envoyait en prison. »

Cette naïveté fit éclater de rire quelques hommes qui se trouvaient là ; mais elle émut le commissaire, qui était un respectable père de famille. « Laissez là cette enfant, dit-il à l'agent déjà chargé d'emmener Marie. Viens, ma petite, viens avec moi, je veux te parler.

— Est-ce que vous allez aussi me conduire en prison ? demanda Marie avec un nouvel effroi.

— Non, mon enfant, n'aie pas peur et suis-moi. »

L'ayant conduite dans un salon, il lui dit de l'attendre et disparut par une autre porte. Marie, se voyant enfermée, se crut en prison et se prit à pleurer en pensant à sa mère ; puis, apercevant parmi les gravures qui ornaient cette pièce une superbe figure du Christ, elle s'agenouilla devant cette image ; sans y penser elle pria tout haut, de manière qu'on pouvait l'entendre de la pièce voisine. Le commissaire avait remarqué que la petite mendiante avait des manières et un langage qui annonçaient déjà une enfant bien élevée et surtout une belle âme ; et il voulait que sa femme la vît, afin d'aviser ensemble aux moyens de lui épargner les chagrins et les dangers auxquels elle serait exposée si on la jetait dans la foule des petites mendiantes de son âge. Ils allaient entrer dans le salon pour interroger Marie, quand ils l'entendirent prier ; et ils s'arrêtèrent pour l'écouter. Sa prière, simple comme son âge, les toucha jusqu'au fond du cœur. La femme du commissaire pria son mari de la rendre à sa mère, et il y était tout disposé. A peine entraient-ils au salon, que l'on annonça un vieillard, un ouvrier, mais d'un extérieur vénérable, qui attendait depuis quelque temps déjà dans l'antichambre et qui réclamait la petite mendiante.

« C'est son père, dit la dame ; et cette observation frappa le commissaire.

— Tu nous trompais donc en nous disant que ton père venait de mourir ?

— Non, Monsieur ; mon pauvre papa est mort, c'est bien trop vrai !

— Quel est donc cet ouvrier qui vient te réclamer ?

— Je ne sais pas, Monsieur ; nous ne connaissons personne ici.

— Nous allons voir si tu mens. Faites entrer le vieillard, » ajouta le commissaire s'adressant à l'homme qui avait annoncé l'ouvrier.

Le vieillard entra, et le commissaire lui dit : « Cette enfant a été surprise à mendier dans la rue; vous la réclamez : vous êtes sans doute son père?

— Non, monsieur le commissaire.

— Ou son parent?

— Non, Monsieur.

— Vous la connaissez du moins, ou vous connaissez sa famille?

— Je ne la connais pas; de toute sa famille je n'ai jamais vu qu'elle, et seulement quelquefois, par pur hasard.

— Pourquoi donc la réclamez-vous?

— Parce qu'elle m'intéresse singulièrement.

— Et comment a-t-elle pu vous intéresser?

— Monsieur le commissaire, je suis vieux; vous le voyez à mes cheveux blancs; j'ai été élevé à une époque où la religion était plus généralement respectée qu'au temps où nous sommes, et la piété de cette enfant m'a inspiré la plus grande estime pour ses parents,

quoique je ne les connaisse pas, et pour elle·
le plus vif intérêt.

— Où l'avez-vous donc vue?

— D'abord et plusieurs fois à la fontaine des
Incurables, où je vais quelquefois chercher
une voie d'eau pour mon ménage. Elle y vient
tous les jours, m'a-t-on dit, et j'ai été frappé
de ses manières pleines de grâce et de politesse. Je me suis dit : Voilà une petite fille
bien élevée; il faut pourtant que ses parents
soient bien pauvres et même malades pour
envoyer une enfant si jeune chercher de l'eau
à une fontaine publique. La pauvre petite avait
tant de peine à porter sa petite cruche, qu'elle
me faisait de la peine. J'avais envie de la questionner et de porter moi-même sa cruche, mais
j'ai toujours été retenu par la crainte de paraître curieux et indiscret.

— Mais enfin quelle preuve avez-vous de sa
piété?

— Il n'y a qu'un moment encore j'étais à
faire ma prière dans l'église Saint-Sulpice, où
j'ai été baptisé il y aura bientôt quatre-vingts
ans, c'était en 1761 ; j'ai vu quelqu'un se mettre
à genoux assez près de moi, et j'ai reconnu ma
petite porteuse d'eau. Dès ce moment mes re-

gards n'ont pu se détacher d'elle; elle a prié longtemps, je l'ai toujours observée. Non, monsieur le commissaire, je n'ai jamais vu ni enfant ni grande personne prier avec une si édifiante ferveur! Sans savoir ce qu'elle demandait à la sainte Vierge, mes vœux se sont joints aux siens. Elle avait le cœur bien gros; de pénibles soupirs s'échappaient sans cesse de sa poitrine oppressée; deux ruisseaux de larmes coulaient de ses yeux, et souvent, élevant vers le ciel ses deux petites mains tremblantes et jointes avec force, elle semblait implorer de la bonté divine une grâce dont elle avait le plus pressant besoin. Elle priait tout bas; cependant plusieurs fois j'ai cru distinguer dans ses paroles les mots : l'âme de mon père..., ma mère malade..., et j'ai su qu'elle priait pour le repos de l'âme de son père et pour la guérison de sa mère. Quand elle est sortie de l'église, je n'ai pu résister au désir de la suivre. Je l'ai vue, en effet, demander l'aumône; je l'ai vue rebuter inhumainement par une dame, et presque aussitôt on l'a arrêtée et conduite chez vous. Je l'ai suivie avec l'intention de la réclamer; mais, arrivé à votre porte, une crainte m'a quelque temps arrêté.

A quel titre pourrais-je réclamer un enfant étranger et dont je ne sais pas même le nom? Eh bien! me suis-je dit à la fin, je la réclamerai en qualité de chrétien. Mes cheveux blancs, et, j'ose le dire, la bonne renommée dont je jouis dans le quartier, seront peut-être des titres suffisants aux yeux de monsieur le commissaire; et, s'il le faut et si la mère le veut, je me chargerai de l'enfant; mon fils aîné, ayant terminé son apprentissage, commence d'aujourd'hui à gagner sa vie; c'est une bouche de moins à nourrir; cette pauvre fille le remplacera. »

Le commissaire et sa femme, en écoutant ce discours, étaient attendris jusqu'aux larmes. La dame dit même tout bas à son mari de relâcher la petite mendiante.

Marie pleurait; elle profita du premier moment de silence pour dire : « Vous voyez bien, Monsieur, que je ne mentais pas; mes bons parents m'ont toujours bien recommandé de ne jamais mentir, et je ne leur ai point encore désobéi. Est-ce que vous allez me renvoyer en prison, ou me renvoyer à maman? Elle doit être déjà bien inquiète, car je lui avais promis de revenir plus tôt, et je crois qu'elle mourrait de chagrin si elle ne me voyait pas rentrer ce soir. »

En prononçant ces paroles, la pauvre petite était presque étouffée par ses sanglots.

La femme du commissaire, s'étant assise sur un canapé, la prit sur ses genoux et s'occupa de la consoler pendant que son mari continuait de parler au vieillard.

« Qui êtes-vous, Monsieur? lui demanda-t-il, et où demeurez-vous?

— Je m'appelle Jean-Pierre Leroux; je suis un pauvre menuisier, père de cinq enfants, établi au coin de la rue de Sèvres et de la rue des Brodeurs.

— Et toi, mon enfant, où demeures-tu? reprit le commissaire, s'adressant à Marie; comment se nomme ta mère?

— Monsieur, maman s'appelle Thérèse Hubert, et moi Marie Hubert; nous demeurons dans la rue presque en face des Incurables; mais j'oublie toujours le numéro de la maison. »

Le commissaire invita le vieillard à attendre ou à revenir dans une heure ou une heure et demie. Le menuisier préféra ne point s'éloigner de Marie. « Je n'ai aucun doute sur la vérité de vos assertions, dit le commissaire ; si j'étais libre de suivre ma propre conviction, je vous remettrais cette enfant sans hésiter, et je serais sûr qu'elle se trouverait en bonnes mains ; mais les devoirs de ma place me commandent des précautions dont il ne m'est pas permis de me dispenser. Je vais donc envoyer aux informations. » En effet, un commis partit sur-le-champ avec toutes les instructions nécessaires. Cependant Marie ne cessait de se lamenter et de supplier qu'on lui permît de retourner vers sa mère ; c'était chose impossible. L'heure du dîner étant venue, la dame la fit asseoir à table à côté d'elle, et la servit mieux que ses propres enfants ; mais Marie ne mangeait rien. « Mange, ma fille, lui dit la dame, tu dois avoir faim.

— Je pense que marman souffre et se désole à cause de moi, répondit Marie en fondant en larmes.

— Tu iras bientôt la consoler, reprit la dame.

— Bien vrai ? » repartit vivement Marie en regardant le commissaire, qui ne répondit pas un mot et garda toute sa gravité ; alors Marie recommença à pleurer.

« C'est moi qui te le promets, pauvre enfant, s'écria la dame en embrassant la petite
mendiante.

— Mais, mon amie, tu te mêles là de
choses...

— Mon ami, je me mêle de ce qui est de
mon ressort; c'est ici une affaire de maman
et de petite fille; cela me regarde plus que
toi. La police n'a rien à voir ici qu'à vérifier
l'exactitude des déclarations que tu viens d'entendre, et je suis sûre qu'on les trouvera toutes
vraies. »

Le commissaire secoua la tête et ne répondit rien; cependant, après le potage, Marie
refusa de manger autre chose, quoiqu'on eût
mis sur son assiette un appétissant morceau
de poulet, que pourtant elle ne cessait de regarder de tous ses yeux.

« Est-ce que tu n'aimes pas le poulet? demanda la dame.

— Pardon, Madame; mais...

— Pourquoi donc n'en manges-tu pas? »

Pour rien au monde Marie n'aurait voulu
mentir, et elle n'osait dire ce qu'elle pensait,
elle baissa la tête et garda le silence; mais,

pressée de questions, elle répondit enfin : « Ma pauvre maman, qui est si malade, n'a que de l'eau et un peu de pain !

— Je l'avais bien déviné, chère et aimable enfant ! s'écria la dame, tu voudrais porter ce mets à ta maman, et tu ne peux te résoudre à le manger toi-même, quoique tu doives avoir encore grand'faim. Mange, ma fille ; en voilà un autre que tu porteras, ou plutôt que nous porterons ensemble à ta mère. »

Sur cette assurance, Marie mangea, et de bon appétit, car en effet elle avait grand'faim, et il y avait déjà plusieurs jours que la pauvre petite ne vivait que de pain et n'en mangeaît pas tout à son aise.

Enfin le massager revint. Tout était vrai dans les réponses de Marie et du vieillard. « Je vais donc la reconduire à sa mère, et je vous promets qu'elle ne mendiera plus, dit le menuisier.

— Eh bien ! répondit la dame, nous irons ensemble, car je veux la remettre moi-même entre les bras de sa mère et faire la connaissance d'une femme qui doit être bien vertueuse, puisqu'elle élève si bien sa fille. Tu le permets, mon ami ? » demanda-t-elle à

son mari, qui donna sans peine son consente-
ment.

« Allons, mes enfants, dit la dame à ses deux
filles et à son fils, tous encore bien jeunes,
n'avez-vous rien à offrir à cette bonne mère
et à cette petite si pieuse et qui aime tant sa
maman? »

A l'instant même les trois enfants coururent
à leurs petits coffres, tirèrent leur bourse et
remirent chacun une pièce de cinquante cen-
times toute neuve qu'on leur avait donnée le
matin : c'était toute leur fortune, et ils étaient
enchantés d'en faire le sacrifice pour Marie
et sa mère, quoique ces petites pièces fussent
bien jolies. La dame les mit dans un papier,
qu'elle alla présenter à son mari. « Voici l'offrande de nos enfants, lui dit-elle, ajoutes-y la
tienne.

— Tu sais que nous ne sommes pas riches,
répondit l'époux, et que nous voyons tant de
malheureux. » En même temps il déposa dans
le papier une pièce de deux francs. « Moi, reprit la dame, en ma qualité de maman, je ne
puis donner moins de cinq francs.

— Tu nous ruines avec tes perpétuelles cha-
rités.

« — Va, mon ami, une charité bien placée ne ruine jamais ; au contraire, elle enrichit, car elle nous attire les bénédictions du Seigneur. »

Ensuite les enfants embrassèrent bien tendrement Marie, qu'à présent ils ne trouvaient plus si laide qu'au premier abord, et qui même leur parut toute gentille lorsqu'elle les remercia au nom de sa mère. Ensuite on partit. Marie n'eut garde d'oublier la cuisse de poulet mise en réserve pour sa mère.

Ainsi la petite Marie revenait entre deux amis que sa piété et son amour filial avaient faits à elle et à sa mère. La dame, appesantie par son embonpoint, et le vieillard, par les années, marchaient bien lentement au gré de Marie, qu'ils tenaient par la main et qui aurait voulu courir.

Thérèse commençait à concevoir les plus terribles inquiétudes lorsque l'agent du commissaire était entré chez elle. Un simple coup d'œil jeté sur l'ameublement et sur la maîtresse du logis le convainquit de la détresse et de la maladie de la pauvre femme. Il lui apprit avec précaution l'arrestation de sa fille et lui assura que bientôt, dans une heure au plus tard, on la lui ramènerait. Nouvellement arrivée à Paris,

ne voyant personne et ne sortant presque
jamais, Thérèse avait ignoré jusqu'alors que la
mendicité y fût interdite en ce moment. Com-
bien elle se reprocha d'avoir cédé aux instances
de sa fille! Mais pourtant pouvait-elle la retenir
pour la voir périr d'inanition auprès d'elle?
Thérèse compta tous les instants jusqu'au retour de Marie. Enfin la porte, restée entre-
bâillée, s'ouvrit, et Marie s'élança vers le lit de
sa mère. « Me voici, ma bonne petite maman!
lui dit-elle en l'embrassant; ce n'est pas ma
faute si j'ai tant tardé; je te dirai tout cela : mais
voici un monsieur et une dame qui ont eu la
bonté de me ramener et qui veulent te voir,
parce qu'ils nous aiment bien. »

Déjà M. Leroux et la femme du commissaire
étaient dans la chambre. Thérèse les invita à
s'asseoir sur les deux mauvaises chaises qui lui
restaient. Ils se firent connaître, ils expliquèrent
tout ce qui venait de se passer, et, comme la
modestie leur faisait taire certains détails qui
étaient tout à leur avantage, Marie, ordinaire-
ment si réservée, ne put s'empêcher de les in-
terrompre plusieurs fois pour compléter leur
récit, de sorte que Thérèse apprit tout ce qu'ils
avaient fait pour elle et pour sa fille. Elle leur

·témoigna sa reconnaissance dans les termes les plus touchants, et son langage acheva de lui gagner l'affection de ces deux amis que la bonté du Ciel venait de lui envoyer d'une manière presque miraculeuse.

« Ce n'est pas tout, Madame, dit la femme du commissaire, il faut songer à votre santé, à votre avenir et à celui de ce'.te aimable enfant : demain, je vous enverrai mon médecin. C'est un homme habile et plein de bonté, il parlera au pharmacien ; je me charge de tous les frais : n'épargnez aucune dépense. J'ai des amis plus riches que moi qui m'aideront à pourvoir à tout. Ne vous laissez manquer de rien, ni vous ni votre fille. Le premier point est de vous guérir ; pour cela il faut vous tranquilliser ; et je vous répète que vous ne devez plus avoir aucune inquiétude. Ce soir, je vous apporterai des draps et du linge. Lorsque vous serez parfaitement rétablie, je vous procurerai par mes connaissances plus d'ouvrage que vous n'en sauriez faire ; rien ne vous empêchera de prendre des ouvrières et de fonder un petit atelier, qui pourra grandir avec le temps si, comme je l'espère, Dieu bénit vos travaux.

— Et moi, dit le vieillard avec sa bienveil-

lante simplicité, pensez-vous que je sois venu
ici pour ne rien faire? Eh! nenni da! faites votre
part et faites-la bien grande, et vous ne ferez
jamais autant que le méritent Madame et ma
chère petite porteuse d'eau ; mais je ferai aussi
ma part. Je connais une dame de charité qui
est la vertu et la piété même ; je lui parlerai de
ma petite amie, et si Madame le permet, elle
viendra la voir ici. »

Thérèse y consentit sans peine. La femme du
commissaire embrassa la pauvre malade, et
en se retirant mit dans la main de Marie, qui
la reconduisit, le papier contenant les offrandes
de sa famille ; le vieillard partit en même temps
qu'elle.

Toutes les choses se passèrent comme l'a-
vaient annoncé le vieillard et la dame. Thérèse,
rassurée sur le sort de sa fille, recouvra bientôt la santé ; la femme du commissaire lui procura tant d'ouvrage bien payé, qu'elle put
former un atelier, l'agrandir et vivre dans une
honnête aisance. La dame de charité amenée
par le respectable Leroux prit en affection la
fille et la mère, et leur envoya aussi une nom-
breuse clientèle. Marie, toujours docile, continua à profiter des leçons de sa vertueuse et sage

mère : en grandissant il semblait que la beauté de
son âme corrigeât chaque jour l'irrégularité de
ses traits ; elle ne fut jamais belle, mais elle cessa
d'être laide, et sa physionomie ouverte, modeste et sereine, avait une telle expression de
candeur et de bienveillance, que tout le monde
en était enchanté. A l'âge de vingt ans, sa mère
lui fit épouser un des fils de Leroux, garçon
très-pieux, très-laborieux et très-sage, qui depuis plusieurs années déjà dirigeait l'atelier de
son père, et qui la rendit aussi heureuse qu'elle
le méritait.

Souvent dans la suite elle disait à ses enfants : « Vous voyez bien qu'il ne faut jamais
perdre l'espérance en la bonté de Dieu ; ce jour
où j'ai été arrêtée, je paraissais perdue et ma
mère aussi. Les règlements de police voulaient
qu'on m'enfermât dans une prison avec toutes
les mendiantes arrêtées comme moi dans les
rues. Ma mère serait morte de douleur, et moi
je me serais peut-être pervertie dans la com-
pagnie de ces malheureuses, qui ne sont pas
toutes aussi pieuses qu'elles devraient l'être.
Pourtant je venais à l'instant même de me recommander à Dieu avec une ferveur que je ne
saurais vous peindre, et Dieu semblait m'aban-

donner ! Je le crus un instant, car j'étais bien jeune encore ; mais la sainte Vierge, que j'invoquais dans mon cœur, me rendit bientôt la confiance, et le malheur que je déplorais fut précisément ce qui sauva de la misère et de la mort ma mère et moi, car c'est mon arrestation qui m'a fait connaître la charitable femme du commissaire, devenue notre bienfaitrice.

« Et ce n'est pas tout, mes enfants : si j'avais été moins polie avec les personnes qui avaient eu la bonté de me céder leur tour à la fontaine, le respectable M. Leroux, votre grand-père, ne m'aurait pas remarquée et aimée ; si j'avais prié avec moins de ferveur, si la piété filiale ne m'avait pas arraché tant de larmes devant la chapelle de la Vierge, il ne m'aurait pas suivie, il ne se serait pas intéressé à moi, pauvre enfant inconnue, assez vivement pour venir me réclamer ; on n'aurait sans doute pas connu tous les détails intéressants qu'il a donnés ; la femme du commissaire aurait pris moins vivement ma défense, et l'on m'aurait menée en prison.

« Ainsi, mes enfants, vous le voyez, Dieu n'abandonne pas ceux qui mettent en lui toute leur confiance, « jamais il ne laisse sans récompense la piété sincère, l'amour filial, la simple politesse même, ni aucune véritable vertu. »

Cet exemple nous apprend encore qu'un enfant pieux, sage et poli, fait estimer ses parents même de ceux qui ne les ont jamais vus, et que le dévouement du plus faible enfant peut quelquefois sauver sa famille.

LE

NID D'AIGLE

LE
NID D'AIGLE

ou

LES ENFANTS COURAGEUX

Dans la vallée de Sallanches, au pied du mont Blanc, il y avait une petite maison de pauvre apparence, et dont l'intérieur offrait le spectacle de la misère et de la douleur. Sur un mauvais lit entouré de vieux rideaux jaunes à dessins rougeâtres, gisait un homme jeune encore, mais dont le visage, pâle et amaigri, portait l'empreinte des plus vives souffrances. Mal garanti du froid par de mauvaises couvertures et par quelques hardes étendues sur le lit, il grelottait de fièvre et laissait échapper de sourds gémissements. Ce pauvre malade s'appelait Bernard. Il avait une femme nom-

mée Jeanne, et trois fils, dont l'aîné, Pierre,
était âgé de quatorze ans : les deux autres,
Claude et Guillaume, étaient jumeaux, et
avaient douze ans.

Ces deux derniers étaient en ce moment
seuls avec leur mère auprès du lit de Bernard.
Jeanne, assise sur une chaise, et les coudes
appuyés sur ses genoux, couvrait son visage
de ses mains pour cacher à son mari les larmes
qu'elle répandait.

De temps à autre pourtant elle relevait la
tête, essuyait ses yeux, et jetait sur la porte
de la cabane des regards pleins d'anxiété. Les
deux enfants pleuraient aussi en silence, et
semblaient partager l'inquiétude de leur mère.

Cette inquiétude n'était que trop légitime :
Bernard était gravement malade. On avait
d'abord espéré que tout se bornerait à une
indisposition passagère ; et, sans savoir ce
qu'il avait, sa femme s'était contentée de le
faire rester au lit et de lui donner quelques
tasses de tisane ; mais ce jour-là, le mal ayant
considérablement augmenté, il avait fallu que
Pierre allât à la ville chercher un médecin.

La ville était peu éloignée ; cependant le
jeune garçon était parti depuis plus de deux

heures, et n'était pas encore de retour. Aussi sa mère et ses frères l'attendaient avec une impatience croissante. Mais ce retard n'était pas la seule cause de leur tourment. Dans les familles qui n'ont d'autre ressource que le travail de leur chef, la maladie de celui-ci amène infailliblement à sa suite la misère. Or Bernard ne gagnait rien depuis plusieurs jours, pendant lesquels on avait dépensé la presque totalité d'une petite épargne réalisée à grand'-peine : si bien qu'il ne restait guère à la maison qu'une vingtaine de sous. Pierre avait eu mission, en allant chercher le médecin, de lui avouer l'état de pauvreté du malade. Jeanne avait donc quelque raison de craindre que le docteur ne voulût pas se déranger. Et même, se disait-elle, s'il est assez bon pour venir, comment ferons-nous pour exécuter son ordonnance? car les médicaments coûtent cher, et nous n'avons plus rien. Puis elle priait intérieurement Dieu de venir en aide à son mari et à ses enfants; et alors elle se sentait rassurée, sachant que Dieu n'abandonne jamais ceux qui espèrent sincèrement en lui.

Heureusement le médecin était un homme charitable, et les pauvres gens reprirent courage lorsque après une longue attente ils virent enfin la porte de la chambre s'ouvrir et Pierre entrer presque joyeux, suivi du docteur. Celui-ci examina Bernard avec attention; puis il emmena Jeanne et Pierre dans la pièce voisiue, où ils furent bientôt suivis par les deux autres enfants; là il demanda une plume et du papier, écrivit une ordonnance, et la remettant à la femme de Bernard :

« Madame, lui dit-il, la maladie de votre mari est assez grave; toutefois je vous réponds de sa vie si vous voulez exécuter bien fidèlement cette prescription.

—Hélas! Monsieur, repartit Jeanne, ce n'est certainement pas la volonté qui nous manque; mais dites-moi, je vous prie, les médicaments que vous indiquez coûtent-ils cher?

— Ils vous coûteront environ trois francs, répondit le médecin.

—Bon Dieu! comment faire alors? s'écria la pauvre femme en joignant les mains et en pleurant à chaudes larmes: c'est deux fois plus que nous ne possédons. »

Claude et Guillaume pleuraient aussi. Pierre seul paraissait calme et presque triomphant.

« C'est bon, monsieur le docteur, dit-il :

vous pouvez être sûr que mon père ne manquera de rien. Nous vous remercions bien de votre visite. »

Sa mère et ses frères le regardaient avec étonnement; le médecin lui-même parut surpris. Il hésita un instant, puis il remit son ordonnance à Pierre.

« Allons, mon garçon, lui dit-il, je m'en rapporte à vous. » Et il sortit en assurant de nouveau que Bernard était sauvé si l'on pouvait lui faire prendre les médicaments prescrits.

« Es-tu fou, Pierre? dit Jeanne à son fils aîné; ou bien as-tu trouvé de l'argent sur ton chemin? Dans ce cas, il serait mal de garder ce qui ne nous appartient pas : Dieu nous punirait.

— Je ne suis pas fou, mère, répondit l'enfant, et je n'ai point trouvé d'argent; mais je sais un moyen de gagner honnêtement bien plus que ne doit coûter l'ordonnance du docteur, pourvu toutefois que mes frères veuillent bien m'aider.

— Ah! certainement, nous ne demandons pas mieux, s'écrièrent Claude et Guillaume.

« — Mais ce moyen, quel est-il? demanda Jeanne.

— Promets-tu de nous laisser faire? dit Pierre.

— Oui, répondit la mère, si c'est un moyen honnête.

— Eh bien, j'ai découvert là-haut dans la montagne un nid d'aigles. Si nous pouvions avoir les aiglons, M. R... (vous savez, ce savant naturaliste qui nous a déjà acheté des oiseaux pour les empailler), M. R... nous les paierait au moins dix francs la pièce.

— Je disais bien, fit la mère, que tu étais fou. Comment pouvez-vous aller prendre des aiglons au milieu des rochers? C'est impossible.

— Mère, tu as promis de nous laisser faire, dit Pierre; tiens-nous parole, et tu verras que je ne suis pas fou. »

Les deux frères joignirent leurs instances aux siennes; ils représentèrent à Jeanne que l'état de leur père exigeait un prompt remède, et qu'il fallait faire tout au monde pour sauver le chef et le soutien de la famille : en un mot, ils firent tant et si bien, que la pauvre mère finit par céder, non sans répandre bien des

larmes, sans recommander instamment à nos
jeunes chasseurs d'être prudents, et de ne pas
s'exposer au danger de tomber dans quelque
précipice. Sur ces entrefaites, on entendit la
voix du malade qui appelait. Jeanne quitta la
chambre pour voir ce qu'il voulait, et laissa
les trois enfants se concerter et se préparer
pour leur expédition.

« Eh bien! dit Guillaume quand ils furent
seuls, partons-nous?

—Un instant! fit Pierre: il est bon que vous
sachiez que ce nid d'aigles n'est pas facile à
atteindre, sans compter qu'avant de prendre
les aiglons il faudra probablement soutenir un
combat en règle contre l'aigle et sa femelle,
qui, s'ils sont là, voudront les défendre.

—Va! répondit Claude: crois-tu que nous
ayons peur?

—Non, puisqu'il s'agit de sauver la vie de
notre bon père; mais c'est égal: le nid est situé
dans le flanc d'un rocher à pic, à plus de six
mètres au-dessous du sommet, et au-dessus
d'un précipice d'au moins soixante-sept
mètres.

— J'y descendrai, moi, s'écria Guillaume:
tu sais que je grimpe bien.

— Non, non, ce sera moi, dit Claude, je suis plus agile et je ne crains pas les étourdissements.

— C'est moi qui ai découvert le nid, dit Pierre : d'ailleurs, je suis votre aîné, je suis le plus fort, et je me défendrai mieux que vous contre les aigles : c'est moi qui dois dénicher les aiglons.

— Eh bien ! reprit Guillaume, tirons au sort. Écris trois numéros, Pierre ; mets-les dans ma casquette, et celui qui tirera le numéro 1 tentera l'aventure.

— C'est cela, fit Claude, tirons au sort : c'est plus juste. »

Pierre écrivit les numéros 1, 2 et 3 sur trois morceaux de papier, qu'il plia chacun en quatre et qu'il mêla dans la casquette de son frère.

Si la main des braves enfants tremblait en plongeant dans cette urne improvisée, c'était uniquement du désir qu'avait chacun d'eux d'exposer sa vie pour sauver celle de son père. Claude tira le premier, et, à son grand chagrin, amena le numéro 2. Guillaume ne fut pas moins désappointé lorsqu'il lut sur son bulletin le numéro 3.

C'était donc Pierre que le sort désignait

comme le héros de l'entreprise. Ses deux frères le reconnurent aussitôt pour leur chef, et tous les trois s'occupèrent à la hâte de se munir de tout ce qui était nécessaire pour mener la chasse à bonne fin. Guillaume décrocha un vieux sabre rouillé qui avait servi jadis à Bernard lorsqu'il était soldat; Claude chercha une longue et forte corde, à un bout de laquelle il attacha fortement par le milieu un gros bâton, et tout cela fut mis dans un sac qui devait servir aussi à rapporter les aiglons. Les préparatifs terminés, les trois enfants allèrent embrasser leur père et leur mère. Le premier était trop absorbé par la fièvre pour faire grande attention au départ de ses enfants; il crut qu'ils allaient seulement à la ville pour acheter des remèdes; mais la pauvre Jeanne embrassa ses enfants en pleurant.

« Que Dieu vous bénisse et vous ramène ! leur dit-elle.

— Sois tranquille, bonne mère, répondirent-ils : il ne nous abandonnera pas, et nous reviendrons bientôt. »

En sortant de la chaumière, ils se mirent à genoux au pied d'une vieille croix de bois placée au bord du chemin, et adressèrent au

Ciel de ferventes prières; puis ils se relevèrent pleins d'ardeur et d'espérance, et se mirent à gravir lestement la montagne. En moins d'une heure ils arrivèrent à la crête du rocher dans le flanc duquel l'aigle avait son aire (car c'est le nom qu'on donne au nid des oiseaux de proie). Pierre se pencha au-dessus du précipice pour bien remarquer le point vers lequel il fallait descendre; il jeta un gros caillou dans le creux qui servait d'habitation aux aigles, et, voyant que rien ne bougeait, il en conclut qu'heureusement les petits étaient seuls, ce qui diminuait d'autant le danger; puis il suspendit le sac à son cou et le sabre à son bras gauche, se mit à cheval sur le bâton dont nous avons parlé tout à l'heure, et, tenant des deux mains la corde qui y était attachée, il dit à ses frères de le laisser glisser doucement jusqu'à ce qu'il leur criât d'arrêter. Claude et Guillaume obéirent. Lui, s'aidant des deux pieds aux aspérités du rocher, arriva sans accident jusqu'à l'aire, où il trouva, à sa grande joie, trois aiglons de la plus belle espèce, et assez jeunes pour ne pouvoir pas faire de résistance sérieuse. Il les saisit, les enferma dans son sac, et cria à ses frères de retirer la corde à eux. Ceux-ci s'acquittèrent assez bien de ce travail, mais peu... que le premier, et déjà Pierre était remonté de plusieurs mètres, lorsque l'aigle et sa femelle, attirés par les cris de leurs petits, vinrent tout à coup fondre sur lui.

« Frère ! » s'écrièrent Claude et Guillaume, qui virent les deux redoutables oiseaux s'abattre vers le précipice, « frère, défends-toi ! »

Alors commença une lutte terrible. Pierre, attaqué avec rage, se défendit courageusement. Il se mit à faire le moulinet avec son sabre ; et, frappant d'estoc et de taille, il porta plusieurs coups à ses ennemis. Ceux-ci, rendus plus furieux encore par leurs blessures, redoublèrent d'acharnement. Le danger du malheureux enfant augmentait de minute en minute ; ses épaules et sa tête saignaient, déchirées par les serres et le bec des oiseaux. Mais quel ne fut pas son effroi lorsqu'il s'aperçut qu'en brandissant son sabre il avait, sans s'en apercevoir, entamé la corde qui le tenait suspendu au-dessus de l'abîme, et que ses frères tiraient toujours !

Elle va se rompre, pensait-il : je suis perdu.

Il ferma les yeux par un mouvement instinctif de terreur, recommanda son âme à Dieu, et ne songea même plus à se défendre contre ses agresseurs.

Claude et Guillaume, qui ignoraient la cause de son découragement et de son inaction, crurent qu'il perdait connaissance, et redoublèrent leurs efforts pour le hisser sur le plateau, en lui criant d'une voix altérée :

« Courage, Pierre, courage ! défends-toi donc ! »

En ce moment un coup de fusil partit à peu de distance d'eux. L'un des aigles, frappé d'une balle, roula dans l'abîme ; l'autre se précipita après lui en poussant de grands cris.

Débarrassé de ses ennemis, ranimé par les appels de ses frères, Pierre reprit courage ; il recommença à s'aider des pieds pour alléger son poids, et parvint ainsi à saisir, au-dessus du point où elle était coupée, la corde, qui, tirée cette fois plus vigoureusement, le ramena enfin sanglant et fatigué, mais vivant et vainqueur, dans les bras de ses frères. Il vit près de ceux-ci un chasseur de chamois que Dieu avait envoyé à temps à leur secours. C'était ce chasseur qui avait tué l'aigle et aidé Claude et Guillaume à remonter Pierre sur le bord du précipice ; sans lui, ils n'y seraient peut-être pas parvenus, car les forces commençaient à leur manquer, et leurs mains déchirées pouvaient à peine tenir la corde. Après avoir cordialement remercié ce brave homme et adressé au Ciel de ferventes actions de grâces, les trois enfants coururent à Sallanches pour offrir à M. R... le produit de leur glorieuse chasse.

M. R..., homme riche et bienfaisant, étonné qu'ils se fussent exposés à tant de périls pour lui rapporter ces aiglons, les questionna sur les motifs qui les avaient guidés ; et quand il sut qu'ils avaient risqué leurs jours pour rendre la santé à leur père, il les combla d'éloges, fit panser sur-le-champ les blessures de Pierre, envoya chercher à ses frais tout ce qui pouvait être nécessaire pour soigner Bernard, et, remettant à Pierre un rouleau de pièces d'or :

« Tenez, mes amis, dit-il, voilà le juste salaire de votre peine et de votre travail. Quant à la récompense de votre belle action, elle est entre les mains de Celui qui lit dans les cœurs. »

Les trois enfants ne purent exprimer leur reconnaissance qu'en inondant de douces larmes les mains de leur bienfaiteur. M. R... les congédia avec bonté. Il ne faut pas demander s'ils furent vite rentrés au logis; ils ne sentaient plus ni douleur ni fatigue, tant était grande leur joie de penser que leur père ne manquerait de rien pendant sa maladie, et serait bientôt guéri.

En arrivant, ils trouvèrent leur mère sur le seuil., et lui montrèrent triomphants le magnifique produit de leur chasse.

« Mon pauvre fils, comme te voilà ! » dit Jeanne à Pierre, en voyant sa veste en lambeaux et sa tête et ses épaules enveloppées de bandages. « Et vous aussi, Guillaume et Claude, vous avez les mains tout en sang ! Vous me trompiez donc en me promettant de ne pas vous exposer ?

— Pardonne-nous, bonne mère, répondit l'aîné; si nous t'avions dit toute la vérité, tu ne nous aurais pas laissés partir, et alors que serait devenu notre père ? Il serait mort faute de remèdes : au lieu qu'au prix de quelques légères blessures nous allons lui rendre la vie et la santé. »

On pense bien que la bonne mère n'eut pas le courage de les gronder. On s'empressa d'administrer au malade les médicaments ordonnés par le docteur ; il en éprouva bientôt un soulagement sensible, et entra rapidement en convalescence. Lorsqu'il fut en état d'entendre le récit de ce qui s'était passé, et qu'il connut l'acte héroïque de dévouement filial auquel il devait d'avoir échappé à la mort, il resta quelques instants comme suffoqué par la gratitude et l'admiration ; puis, serrant tendrement ses enfants dans ses bras :

« Merci ! leur dit-il d'une voix émue, merci ! chers enfants. Dieu vous bénira, car la piété filiale est la première de toutes les vertus. »

LES

PETITS BUCHERONS

LES

PETITS BUCHERONS

Par une bien froide matinée de décembre, et lorsque le jour paraissait à peine, deux pauvres enfants de dix à douze ans sortirent d'une chaumière située sur la lisière de la forêt de Sancy. Leurs pieds étaient à peine garantis par les vieux souliers qu'ils portaient; un pantalon de grosse toile, une blouse et une mauvaise casquette complétaient un accoutrement bien insuffisant pour les préserver du froid. Ils se dirigèrent rapidement vers le centre de la forêt, et, lorsqu'ils furent à une certaine distance, ils s'arrêtèrent à un endroit où plusieurs chemins se croisaient.

« Tiens, François, dit Nicolas à son frère,

prends cette corde; elle te servira pour attacher le bois sec que tu ramasseras; et, quand tu en auras autant que tu pourras en porter, tu viendras me trouver près du grand chêne creux.

— Oui, frère, » répondit François.

Les deux enfants se séparèrent et suivirent des chemins différents. Ils eurent bientôt ramassé assez de branches mortes pour s'en faire à chacun une lourde charge. Pliant sous leur fardeau, ils se rencontrèrent au rendez-vous indiqué par Nicolas.

« Maintenant, dit François, hâtons-nous de rentrer; car, pendant que nous tardons ici, notre mère a froid.

— Oui, répondit Nicolas en soupirant, surtout dans une hutte comme la nôtre, où le vent pénètre de tous les côtés, et où la neige tombe jusque sur la paille qui nous sert de lit. »

Ils avaient à peine fait cinquante pas, lorsqu'un homme à mine rébarbative, portant l'habit de garde-chasse et ayant un fusil sous le bras, leur barra le chemin.

« Ah! petits voleurs, cria-t-il d'une voix

rude, je vous tiens enfin! voilà la seconde fois que je vous y prends.

—Oh ! pardon, pardon, monsieur Sylvestre! s'écrièrent les pauvres enfants en tremblant de tout leur corps et en laissant tomber leur fardeau.

—Ah ! vous croyez que vous pourrez impunément voler le bois de M. le marquis? continua le garde-chasse; mais nous verrons, nous verrons !

— Nous n'avons pris, dit Nicolas, que du bois mort qui pourrit à terre et ne profite à personne.

— Taisez-vous, monsieur le raisonneur; ramassez votre butin, et suivez-moi.

— Où voulez-vous nous conduire?

— En prison, petits vauriens, pour vous apprendre à voler du bois.

—Ayez pitié de nous, monsieur Sylvestre, dit François en pleurant; notre mère n'a que nous pour la soigner et la servir, et si vous nous mettez en prison elle mourra de froid.

—Cela ne me regarde pas, répondit Sylvestre d'un ton bourru.

—Vous n'avez donc ni cœur ni âme? s'écria

Nicolas indigné; on a bien raison de vous appeler *Sylvestre le Loup.*

—Je fais mon devoir, et je me moque de ce qu'on dit.

— Écoutez, monsieur Sylvestre, dit Nicolas; je suis l'aîné; je suis plus grand et plus fort que mon frère; s'il est coupable, je le suis davantage : punissez-moi donc comme vous voudrez; mais laissez François retourner chez nous.

— Non, mon bon monsieur Sylvestre, s'écria François; c'est moi qu'il faut mettre en prison; Nicolas est bien plus utile à notre mère...

— Allons, c'est assez causer, interrompit Sylvestre : en marche! Vous n'aurez pas lieu d'être jaloux l'un de l'autre, car vous irez tous deux en prison. »

Les deux enfants reprirent en pleurant leur fardeau, et suivirent l'impitoyable gardechasse. En passant devant le château, Nicolas s'arrêta :

« Si je pouvais parler à M. le marquis, dit-il, je suis sûr qu'il serait plus humain que vous, et qu'il prendrait pitié de nous.

—Eh bien! vous n'avez qu'à essayer, répliqua Sylvestre; car le voilà justement qui descend l'avenue. »

En effet, le marquis de Sancy s'avançait vers eux. C'était un homme de soixante ans, d'une noble prestance, et dont l'air de bonté et de douceur inspirait la confiance à tous ceux qui le voyaient. En apercevant les deux frères et leur conducteur, il s'arrêta et fit signe à Sylvestre d'approcher.

« Quels sont ces enfants, lui demanda-t-il, et où les menez-vous ainsi ?

—Monseigneur, ce sont de petits polissons que je viens de prendre pour la seconde fois à voler du bois dans la forêt.

— Est-ce vrai? » dit le marquis en s'adressant aux enfants.

Ceux-ci pleuraient toujours amèrement.

« Vous savez cependant bien que ce bois m'appartient, continua le marquis.

— Oui, Monseigneur, sanglota Nicolas.

— Alors, pourquoi l'avez-vous pris? Puisqu'on vous l'avait déjà une fois défendu, vous n'auriez pas dû recommencer.

— Nous mourions de froid, répondit Nicolas.

— Vous mouriez de froid? Explique-toi,

mon garçon, » dit le marquis avec bienveillance.

Enhardi par cet accent de bonté, Nicolas osa lever la tête et regarder M. de Sancy.

« Je vais vous dire la vérité, Monseigneur, dit-il, et vous nous ferez punir ensuite si vous le voulez. Notre père était bûcheron, et travaillait nuit et jour pour nourrir sa famille. Un jour de l'été dernier, on le rapporta mourant à la maison; il avait été écrasé par un arbre qu'il abattait. Il vécut encore quelques jours dans de grandes souffrances, puis il mourut. Notre mère tomba malade de chagrin, et la misère devint grande chez nous; une hutte et un petit champ de pommes de terre, voilà tout ce que nous possédons. En été, nous pouvons gagner un peu d'argent en travaillant avec les paysans; mais en hiver cette ressource nous manque, et nous sommes bien malheureux! La pluie et la neige pénètrent dans notre hutte, et souvent nos vêtements gèlent sur nous. Mon frère et moi nous pouvons supporter cela! mais notre pauvre mère!... Nous craignons toujours de la voir mourir de froid, et c'est afin de la réchauffer que nous allons ramasser les branches que le vent fait tomber. »

Ici Nicolas se tut, comme effrayé d'en avoir trop dit. Le marquis paraissait ému.

« Vous êtes de bons fils, dit-il, et de braves enfants, quoique vous ayez pris mon bois, et il serait cruel de vous punir. Allez, je vous pardonne, et quand votre mère aura froid, ramassez dans la forêt le bois dont vous aurez besoin, je vous en donne la permission. Vous entendez, Sylvestre? ajouta-t-il en se tournant vers le garde-chasse.

— Oui, Monseigneur, répondit celui-ci en touchant à sa casquette.

— Et maintenant, continua le marquis, comme ces enfants doivent être fatigués de la longue course que vous leur avez fait faire, prenez une charrette et conduisez-les avec ces fagots chez leur mère.

— Merci, merci, Monseigneur, s'écrièrent les deux enfants, et que Dieu vous récompense ! »

C'était un hiver terrible que celui-là; le froid atteignit à un degré presque inconnu, et se prolongea avec une grande persistance. Les rivières étaient couvertes d'une forte glace; les bestiaux mouraient dans leurs étables;

des hommes furent trouvés sans vie dans les champs et sur les chemins, tandis que les loups sortaient de leurs repaires et venaient jusque dans les villages pour assouvir leur faim.

Grâce aux bontés du marquis de Sancy, ses protégés de la forêt furent en état de supporter la rigueur de la saison; ils avaient quitté la misérable hutte qui ne les abritait pas, pour s'installer dans une petite chaumière close et solide, que leur bienfaiteur avait garnie des meubles nécessaires; il avait ajouté un arpent de terre et une vache, et la petite famille se trouvait comparativement dans l'aisance. La mère pouvait maintenant filer assise auprès d'un bon feu; pendant le jour, ses fils travaillaient à entourer leur champ d'une haie, et le soir ils faisaient des cages et tressaient des paniers qu'ils allaient vendre au marché de la ville voisine.

Un soir ils revenaient de la ville, où ils avaient bien vendu leurs petites marchandises, et ils longeaient la lisière de la forêt, lorsqu'un cri de détresse parvint à leurs oreilles.

« As-tu entendu? s'écria François.

— Oui, répondit Nicolas: c'est la voix du

marquis..., c'est de ce côté-là... Courons
vite ! »

Et ils s'élancèrent vers l'endroit d'où partait
la voix. Ils avaient chacun à la main une petite
hache avec laquelle ils coupaient du bois, et
qu'ils portaient toujours avec eux quand ils
rentraient à la maison. En quelques bonds,
ils arrivent auprès d'un homme aux prises
avec un loup : c'était leur bienfaiteur, le marquis ! Blessé en plusieurs endroits par les
dents et les griffes de l'animal, M. de Sancy,
après une lutte désespérée, sentait ses forces
l'abandonner, lorsque les deux frères vinrent
à son secours. D'un coup hardiment porté,
Nicolas abattit une des pattes du loup ; celui-
ci, furieux, se retourna vers ce nouvel agres-
seur et se jeta sur lui. François, voyant le
danger de son frère, se précipita sur le dos de
l'animal, et, lui étreignant le cou de ses bras,
chercha à l'étrangler. Le loup tomba, entraînant Nicolas, qui laissa échapper sa hache.
Le marquis la ramassa sans perdre un instant,
et prit si bien son temps et visa si bien, que,
sans blesser les enfants, il fendit la tête du loup.

« Ah ! mes amis ! s'écria-t-il, vous m'avez
sauvé la vie !

— Loué soit Dieu, qui nous a envoyés ici à temps pour secourir notre bienfaiteur ! s'écria Nicolas.

— Qu'il soit loué, en effet ! continua le marquis en les prenant tous deux dans ses bras ; et vous, mes enfants, vous avez payé, et au delà, le peu de bien que je vous ai fait. »

En ce moment Sylvestre, qui avait entendu les cris, accourait tout effrayé.

« Voyez, Sylvestre, lui dit le marquis, voyez comme ces braves enfants se sont comportés : sans eux j'étais perdu ! »

Au lieu d'être dur et impitoyable pour les malheureux, soyez bon, généreux et charitable ; car même un marquis peut un jour avoir besoin de petits paysans et leur devoir la vie.

LE

PETIT MUSICIEN

C'était un dimanche du mois de juillet : à T***, joli village de l'Allemagne, le service divin venait de finir, et les habitants s'étaient réunis sur la place ombragée de tilleuls qui s'étend devant l'église. Là, les uns se promenaient sous les arbres en fleur ; les autres, assis sur le gazon, regardaient les ébats joyeux de leurs enfants. C'était un riant tableau du vrai bonheur champêtre.

Il y avait là aussi quelques personnes d'une condition plus élevée, et qui, sans se mêler de fait aux villageois, semblaient néanmoins prendre un vif plaisir à les regarder. C'étaient de riches citadins qui passaient la belle saison dans leurs maisons de campagne.

Parmi eux se trouvait un homme particulièrement aimé et honoré dans le pays, tant à cause de l'usage tout chrétien qu'il faisait de sa grande fortune qu'en raison de son talent et de sa renommée comme musicien.

Car tout le monde sait qu'en Allemagne le peuple est passionné pour la musique; l'amour de cet art plein de charme est en quelque sorte inné chez lui, et il existe peu d'enfants, si pauvres soient-ils, et si ignorants du reste, qui n'en possèdent pas au moins les premiers éléments.

M. Hentz (ainsi se nommait le personnage dont je parle) était directeur du conservatoire de K***, ville considérable, voisine de T***. Mais il avait dans ce village de vastes propriétés, où il résidait pendant tout l'été, partageant ses journées entre de bonnes œuvres, l'administration de son bien et la culture de son art. L'église de T*** lui devait son orgue, et les habitants eux-mêmes une foule de bienfaits et d'institutions pieuses et utiles.

Au moment où commence notre récit, il se promenait parmi les paysans joyeux, qu'il considérait presque comme ses enfants, recevant partout des témoignages sincères d'affection et de reconnaissance.

Tout à coup l'attention générale fut attirée par les sons d'un violon qui se fit entendre dans un des massifs de verdure dont la place est entourée. Le musicien invisible jouait un air d'une mélodie simple et touchante, avec un goût et une justesse remarquables. Les paysans s'approchèrent aussitôt de l'endroit d'où partait cette musique. Ils y trouvèrent, appuyé contre un arbre, un jeune garçon paraissant âgé de douze à treize ans; il avait des traits agréables et de grands yeux bleus. Quoique pauvrement vêtu, il était fort propre, et il y avait dans toute sa personne un air de modestie et une grâce naturelle qui devaient disposer en sa faveur tous ceux qui le voyaient. A côté de lui était couché un grand chien, qu'il caressait de temps en temps.

Après avoir terminé l'air qu'il jouait, il se mit à chanter, en s'accompagnant de son instrument, une chanson dont le sujet était l'amour filial. Il paraissait fort ému en la disant; au dernier couplet, sa voix devint tremblante, et ses yeux se remplirent de larmes.

Quand il eut cessé de chanter, on voulut savoir comment il s'appelait, d'où il venait, et quels étaient ses parents ; M. Hentz ne fut pas le dernier à le questionner avec intérêt.

« Je n'ai plus, dit l'enfant, d'autres parents que ma pauvre mère, qui demeure loin d'ici sur les bords du Rhin. Je parcours le pays avec mon violon pour gagner un peu d'argent. »

Cette réponse excita davantage encore la curiosité des personnes présentes, et on insista pour connaître son histoire.

Il garda le silence pendant quelque temps, comme pour se recueillir ; puis, après avoir baisé la tête de son chien, il commença ainsi :

« Je m'appelle André Werner, et je viens du bas Palatinat. Mon père était un honnête laboureur ; nous avions une jolie chaumière, un jardin et une vigne ; l'ordre et le contentement régnaient dans notre intérieur, et souvent mon père disait : Nos voisins sont plus riches que nous, mais ils ne sont certes pas aussi heureux.

« Je n'étais pas le seul enfant de mes parents ; j'avais un frère plus âgé que moi de six ans, qui travaillait avec mon père au labourage, tandis que je cherchais à me rendre utile à ma mère en l'aidant dans la maison et au jardin. J'allais aussi tous les jours passer une heure ou deux chez notre bon curé, qui m'instruisait dans notre sainte religion, et m'apprenait à lire, à écrire et à compter. Le soir, quand nous étions réunis en été sous le grand tilleul devant notre porte, ou en hiver autour du foyer, nous avions tous les jours la visite d'un vieux voisin nommé Michel. Il était le ménétrier du village et l'organiste de la paroisse. C'est lui qui, me trouvant quelques dispositions pour la musique, m'a appris à chanter et à jouer du violon. Il assurait à mes parents que cela pourrait m'être utile un jour ou l'autre. Hélas! je ne croyais pas que les événements vinssent sitôt lui donner raison.

« J'atteignis ainsi ma dixième année sans avoir connu un seul instant d'ennui ou de chagrin; j'étais l'enfant le plus heureux du monde. Mais tout à coup le malheur vint fondre sur nous. Le premier coup et le plus douloureux fut la perte de mon père, que le choléra nous enleva subitement; huit jours après, mon frère mourut du même mal, ainsi que le bon curé. Autour de nous les gens tombaient comme les épis sous la faux, et la terreur était générale. A la suite de cette épidémie, la misère se fit bientôt sentir; on voyait nuit et jour rôder dans le pays des hommes de mauvaise mine, qui venaient dans les maisons demander du pain et de l'argent, répondaient aux refus par des menaces, et avaient déjà cherché à mettre le feu en plusieurs endroits. Souvent on leur donnait son dernier morceau de pain, tant on avait peur d'eux.

« Un jour, nous avions aussi donné tout ce qui restait de pain dans la maison, lorsque vers le soir un de ces vagabonds vint frapper à notre porte. Je lui ouvris, et j'eus si grand'-peur de sa méchante figure et de sa longue barbe, que j'allais me sauver, quand il me retint par ma blouse. Ma mère accourut aux cris que je poussai.

« — Que faites-vous à cet enfant? dit-elle tout en colère à ce vilain homme.

« — Le petit drôle ! répliqua-t-il, je lui apprendrai à tourner les talons quand on veut lui parler. Donnez-moi du pain, car je n'ai rien mangé d'aujourd'hui.

« — Je n'en ai plus, répondit ma mère en tremblant, car elle voyait bien à qui elle avait affaire.

« — Alors, donnez-moi de l'argent.

« — Je n'en ai pas non plus; je suis une pauvre veuve, et j'ai à peine de quoi me nourrir, moi et mon enfant.

« — Vous avez pourtant là un joli gîte, dit le vagabond en regardant autour de lui et en faisant un pas pour entrer... Vous ne voulez rien me donner?

« — Je vous ai dit la vérité, répliqua ma mère en pleurant, je n'ai plus rien.

« — Nous verrons ça! grommela le mendiant en s'en allant; avec une bonne maison comme celle-ci, on doit avoir autre chose, et l'on ne refuse pas aux pauvres. »

« Ma mère ferma la porte; mais elle ne put se remettre de la frayeur que cet homme lui avait causée.

« — Mon Dieu! dit-elle plusieurs fois, pourvu qu'il ne se venge pas! »

« Nous n'osions nous coucher ce soir-là, car nous avions comme le pressentiment d'un nouveau malheur; ma mère ne voulut même pas que Turc, notre bon chien, restât dehors, dans la crainte qu'on ne lui fît du mal.

« Il pouvait être une heure du matin, et nous avions fini par céder au sommeil; ma mère dormait sur une chaise, et moi sur le plancher à ses pieds, lorsque nous fûmes réveillés par une épaisse fumée qui traversait les solives au-dessus de notre tête. Ma mère jeta un grand cri, et courut à la porte en m'entraînant avec elle; le chien nous suivit. En arrivant dans la cour, nous virent tout le chaume de notre toit en flammes. Que pouvaient faire contre l'incendie une femme et un enfant? Il ne nous fut même pas possible de rentrer dans la maison pour sauver quelques-uns de nos meubles et de nos effets.

« Une chaumière brûle vite, et la nôtre était réduite en cendres avant que les voisins, qui demeuraient à quelque distance, eussent seulement appris que le feu était chez nous.

« C'est ainsi que dans l'espace de trois mois à peine, d'une famille où régnaient l'aisance et la joie, il ne resta plus qu'une veuve et un enfant dans la misère. »

A cet endroit de son récit, André s'arrêta, couvrit son visage de ses mains, et pleura.

Puis, après quelques instants d'un silence qui fut respecté par les assistants émus, il reprit ainsi :

« Le soleil se leva, et les voisins, qui accoururent alors, ne trouvèrent plus qu'une ruine fumante. Ma pauvre mère était assise sur un tronc d'arbre au bord du chemin ; elle ne remuait pas, elle ne versait pas une larme, elle était comme une statue de pierre ; elle n'avait plus au monde que moi et le fidèle Turc, le chien de mon bon père.

« Alors ce vieux musicien dont je vous ai parlé s'approcha de nous ; il prit ma mère par la main et lui dit :

« — Levez-vous, ma voisine, et ne vous livrez pas ainsi au désespoir : cela n'est pas chrétien ; prenez courage pour l'amour de votre fils, et espérez en notre Père céleste ; il ne vous abandonnera pas. Venez avec moi : je n'ai pas grand'chose ; mais je puis vous donner un abri et un morceau de pain, en attendant que nous avisions à quelque chose de mieux pour vous. »

« Nous suivîmes notre vieil ami, qui nous installa chez lui comme si nous eussions été ses enfants. Mais le lendemain ma mère tomba malade ; les petites ressources du bon voisin ne furent plus alors suffisantes ; nous manquions souvent du nécessaire, et ma mère se désolait d'être à charge à autrui.

3*

« Je ne pus voir son chagrin sans en être profondément touché, et je cherchais nuit et jour dans ma tête ce que je pourrais faire pour gagner quelque argent.

« Enfin je crus l'avoir trouvé.

« — Mère, lui dis-je un jour, ne te chagrine plus, je vais essayer de nous tirer de peine. Michel dit que je joue bien du violon, et que je chante passablement les chansons qu'il m'a apprises. Eh bien, je vais me mettre en route pour chanter et jouer dans les villages, dans les foires et aux portes des riches. Dieu touchera les cœurs de ceux qui m'entendront, et ils me donneront, car je leur dirai que c'est pour ma mère. Quand j'aurai ramassé une bonne petite somme, je reviendrai te l'apporter, et nous pourrons peut-être rebâtir notre chaumière. »

« Ma mère ne voulut pas d'abord entendre parler de ce départ, et elle se mit à pleurer en s'écriant : « Veux-tu donc que je te perde aussi ! » Mais Michel lui démontra qu'elle n'était pas raisonnable. « Laissez-le aller, voisine, dit-il ; ne contrariez pas son projet, c'est celui d'un bon fils, Dieu le bénira et sera avec lui. » Il lui parla encore longtemps ainsi ; enfin elle céda et consentit à se séparer de moi. Le lendemain, à l'aube du jour, je fus prêt à partir, et je dis adieu à ma mère et à notre vieil ami. Ma mère me tint longtemps serré dans ses bras. « Va donc, mon enfant, puisque tu le veux, dit-elle en sanglotant; je prierai Dieu pour toi. Reste bon et honnête, et il te bénira! Je veux que tu emmènes Turc: il sera pour toi un compagnon et un défenseur. » Michel me tendit la main. « Adieu, garçon, dit-il, n'oublie pas le vieux musicien; tu sais qu'il y aura toujours une place pour toi dans sa cabane. J'aurai soin de ta bonne mère pendant ton absence; sois sans inquiétude sur son compte. Au revoir, et bon courage! » Je partis.

« Voilà deux mois que je parcours le pays, et les prières de ma mère me portent bonheur, car il ne m'est rien arrivé de fâcheux jusqu'à présent: au contraire, j'ai trouvé partout des cœurs compatissants, et j'ai déjà économisé une petite somme d'argent. Encore deux mois environ, et je pourrai, s'il plaît à Dieu, retourner au village rendre au bon Michel ce qu'il nous a prêté, et donner à ma mère de quoi mettre notre petit patrimoine en état d'être de nouveau habité et cultivé. »

Tous ceux qui avaient écouté ce récit comblèrent l'enfant de caresses et d'éloges, et s'empressèrent de déposer, chacun selon ses moyens, leur offrande entre ses mains. Une seule personne s'abstint de prendre part à cette œuvre de bienfaisance : ce fut M. Hentz. Il avait pourtant le premier prêté l'oreille aux accents du jeune musicien, et son regard bienveillant ne s'était pas détaché de lui pendant qu'il racontait ses malheurs : aussi tous les yeux restèrent-ils pendant quelques instants attachés sur lui avec un étonnement que personne ne pouvait dissimuler. Mais les plus sages parmi les paysans se doutèrent bientôt qu'il y avait *quelque chose là-dessous.*

« Soyez tranquilles, dit l'un d'eux à ceux qui commentaient tout bas d'une manière défavorable l'immobilité de M. Hentz; soyez tranquilles, il a ses raisons, et bien sûr qu'à lui seul il fera pour ce pauvre garçon plus que nous tous ensemble. Seulement il n'aime pas à faire montre de ses bonnes actions, et il attend que nous soyons partis : c'est pourquoi, si vous m'en croyez, retirons-nous. »

Il disait vrai, les paysans suivirent son conseil. M. Hentz laissa la foule s'écouler jusqu'à ce qu'il fût seul avec André Werner; et, voyant que celui-ci se disposait à s'en aller, il le retint doucement par le bras.

« Mon ami, lui dit-il, je voudrais causer un peu avec vous. »

André s'arrêta en rougissant et en tremblant d'émotion; car il pressentait vaguement que cet instant allait décider de son sort.

« Vous aimez la musique? reprit M. Hentz.

— Oh! beaucoup, Monsieur, répondit l'enfant avec une sorte d'enthousiasme.

— Tant mieux. Vous a-t-il fallu un long temps pour apprendre ce que vous savez?

— Non, Monsieur. Les leçons que Michel me donnait n'étaient pas régulières; il était souvent plusieurs jours sans m'en donner; mais quand j'avais un moment, je m'exerçais tout seul.

— Eh bien, je vois que le bonhomme ne s'est pas trompé sur votre compte; vous m'avez paru avoir, en effet, des dispositions pour la musique. Et je m'y connais un peu, étant moi-même musicien de profession.

— Oh! que vous êtes heureux! s'écria André en regardant M. Hentz avec admiration.

— Vous seriez donc bien aise de devenir aussi un musicien, un *vrai musicien?*

— Assurément, si cela se pouvait.

— Eh bien, cela se peut, si vous voulez rester avec moi.

— Oh! non, reprit l'enfant les larmes aux yeux. Que deviendrait ma pauvre mère pendant ce temps-là?

— Rassurez-vous, reprit M. Hentz; je ne vous ferais pas une proposition qui fût de nature à blesser les bons et louables sentiments que j'ai reconnus en vous, et je n'entends pas que votre mère reste dans l'embarras. Ainsi nous commencerions par lui écrire en lui envoyant, pour ses besoins présents, une somme égale à celle que vous espériez pouvoir lui rapporter dans deux mois. Quant à votre avenir à tous deux, je m'en charge, et je n'oublierai pas non plus votre ami Michel.

—Merci, Monsieur, merci, répondit André en versant des larmes de joie : Dieu et ma mère vous béniront, et moi, croyez bien que je ferai tous mes efforts pour vous témoigner ma profonde reconnaissance et pour me rendre digne de vos bontés. »

En causant ainsi, ils étaient arrivés tous

deux à la maison de M. Hentz. Celui-ci installa André dans une bonne chambre, simplement mais confortablement meublée; puis il le fit écrire à sa mère, et joignit à la lettre une bourse bien garnie. André voulait envoyer aussi l'argent qu'il avait recueilli jusqu'alors. M. Hentz essaya de l'en détourner; mais, voyant que l'enfant le voulait absolument, il n'insista pas. Le tout fut donc expédié en diligence dans le pays d'André, et dès le lendemain le messager rapportait la réponse de la pauvre mère, qui comblait de bénédictions son fils et son bienfaiteur. Dès le lendemain aussi, André commença, sous la direction savante de M. Hentz, des études musicales plus sérieuses que celles qu'il avait faites avec le vieux Michel. Ses progrès furent rapides.

M. Hentz lui fit apprendre tout de suite deux morceaux assez difficiles; et quand il vit que son élève les possédait parfaitement, il l'emmena à la ville en lui recommandant d'emporter son violon et ses cahiers, mais sans lui faire part de son dessein. Une fois arrivé, il fit annoncer un concert *au bénéfice d'un jeune musicien*. Plusieurs célébrités musicales voulurent bien lui prêter leur concours dans cette œuvre charitable. Le concert fut brillant ; André y exécuta ses morceaux avec une émotion qui pourtant ne nuisit pas à son jeu ; il fut cordialement encouragé par les applaudissements du public, et le produit net du concert lui fut remis intégralement.

M. Hentz voulut annoncer lui-même à la mère d'André ce premier succès du jeune virtuose, et il l'engagea à vendre ce qui lui restait de son bien pour venir se fixer auprès de son fils.

Mme Werner, comme vous le pensez, ne se fit pas prier ; peu de jours après elle arrivait à K***. Je ne vous peindrai pas les élans de sa joie en revoyant André, ni l'effusion de sa gratitude envers l'excellent M. Hentz. Celui-ci, du reste, n'entendait pas borner ses bienfaits à ses deux protégés : il avait promis de ne pas oublier le bon Michel, et tint parole, car il ne voulait pas que cet excellent homme demeurât loin de ses amis. Il le fit donc venir aussi, et lui procura une place.

André continua d'étudier avec ardeur son art de prédilection, tout en acquérant aussi les connaissances que doit posséder un homme destiné à fréquenter la bonne société. Il devint, comme son maître, un musicien célèbre, et acquit une fortune honorable qui lui permit de procurer à sa mère une existence douce et tranquille. Aussi n'oublia-t-il jamais les paroles qu'elle lui avait dites lorsqu'il avait quitté le village : « Reste bon et honnête, et Dieu te bénira ! »

FIN

TABLE

7586. — TOURS, IMPR. MAME

9 782019 205416